雪仍在山中

小指　著

長江出版傳媒｜长江文艺出版社

小 指

原名吴立志，“80后”，陕西平利人。现任平利县文联副主席、作协副主席，系陕西省作家协会会员、陕西省青年作家协会会员。作品散见于《诗刊》《诗歌月刊》《星星》《延河》《散文诗》等刊物，著有诗集《后路》等。

目　录

去　蔽

言　说

天真的郑重（代序）

袁　凌

我曾和小指一起进入山沟的深处，一直到穷源之处，溪壑和悬崖之下坐下来，一些更湿润的植物和石头近处。我们似乎是到达了一个记忆的地方，坐在暂时还平安的源头。

我相信，这个时候，我们在以各自的方式领会自然和植物之源。回去之后，小指会写出一些小的诗。

说是小的诗，因这些诗以小的事物为对象，像小指的名字预示的，大多数时候的感觉是小的。不是说通常意义上的小诗。

小是小指语言的个性感觉。他保留着自己孩子式的看世界的出发点和习惯。他一直思考，他的思考也是一个多思的孩子的思考，隐约而朴素，稚拙、简陋的本色之美，这种不事丰足的简陋往往使人感动，它传达了存在中那些简陋的事物和情节，同时也就是郑重。我们在背后看到了一个体贴生存之质朴的农村少年。

自然，他又往往很丰富，孩子的那种丰富，一颦一笑，不刻意处自有可人之处，这是成长着的青春野地，何处不可怜。

我常常希望着他将这种时期延长，而不受任何外来的侵扰，就像我们对于天真的少年有的感觉，我们喜欢的其实是他天真的郑重。

但是对于诗人本人来说，天真的郑重是一种暂时的情境，他一定会力求走向成熟，就一些人来说，是走得更广，对小指来说，是走得更深。

很明显，小指走在自己的道路上，他的诗歌变得越来越安静。他对自然的体贴在加深，并且体现出总体感觉的趋势，也就是一个诗人的世界观。他像昂头的蚕那样转动着摄取营养。

但是在往前走的时候，一些细节可能被丢下，一些细致的注意可能被转移，一些不合理的天分可能趋向合理。一个小诗人可能由此走向一个大诗人，获得一个大的世界，但也可能，他丢掉了那个小世界又没有得到另外的，诗人从自己的童年被放逐了。

这段危险的路途中，仍然只有天真的心能够让诗人自救。

像我们一起爬到溪谷的源头预示的，所有的诗人到最后，都会获得一种大的悲哀，对于世界的悲哀而不是欣喜是诗人最终的身份标志。但是到最后诗人仍然保持着天真，他没有对周围细小的事物闭上眼睛，他不是用自己的悲哀去替代掩盖它们，而是更切实地体贴或者分析它们，诗人自己成为一个园地，让不安的微小事物们在其中生长，他甚至建立了一块在现实毁灭和败坏之后的园地。

这时候诗人才度过了成人的危机，虽然这不可避免地使他本人的存在处于危机状态。

写诗是清白无邪的事业。这句诗用在小指身上最合适，他的诗歌和人生都是清白无邪的，正因如此，那些向一些人封闭起来的单零的奥秘没有提防他，即使在变化之中，他仍然一如既往保持着和它们的亲缘关系，得到它们的营养。

我想，这将使他以自己的径路走过危机的领地，到达一个意想不到的园地。他可以在这个园地的营作中得到某种安放。

（作者系著名非虚构作家、媒体人）

秘 境

当我们成为长者

当我们成为长者
孩子们围在膝前
世界松松垮垮
时间开始融化
许多年前种下的秘密
如今长大成瓜

没有高山和大河
也没有沟壑和栅栏
没有什么阻隔我们
一望无际的原野
在我们的眼中漾开
当然我们已不是骑手
马背只是曾经的战场

当我们成为长者
许多话不说
早都心知肚明
许多事不做

早已心照不宣
在满堂儿孙前
我们像两棵搭红的大树
享受敬奉　保佑后人
澄明而又安详地老去

坚　果

再一次与你相逢
我在松风中静下来
成为其中一棵
不去打扰彼此的生长
年轮在身体里转动
细密的心事举在枝头
汇聚成一条波涛汹涌的河
不去触碰
谁也不会击中对方的内心

那些层层包藏的果实
剥开后仍有坚硬的外壳
我不是一个温柔的人
他们叫我坚果

我的爱人
是一只用尾巴行走的松鼠
他把我抱进洞房，让我安睡
直到一个有雪的傍晚

世界燃起灯火
他用牙齿叫醒我
脱去我的最后一丝羞涩
我缓缓张眼
仿佛看到了宿命的蔚蓝

汉江游女

在河流的拐弯处
在沙滩的澄净中
我看戏水的村姑
像我古代的样子

你脸颊上的娇羞
像被朝霞点燃的河面
粼粼细浪
撩动了我一天一夜的心事

你有两套裙子
一套是晨鹭　一套是晴云
只有你才配穿这白色的乐器
在倒映的天空飞行

你优雅的倦容
像一座平静的水泊
我带着山冈和深渊前来
像月亮那样纯洁地

站在你的前面和后面
照你一千年
想你一千年

风收回了那些轻

在春天的梅园，遇见你
就像遇见我年少时
种下的一棵花树
隔着山河、房屋和神明
不知道悄悄存活了多少春秋

而今，我已不再是少年
你却仍然是一棵花树
站在那年的春天
我只能把你想成一棵树
我宁愿你是一棵树
而不是一个被上帝拿走的女孩

我知道你走了
风收回了你的体温、水分
收回了春天、晴空、风筝
以及没有病疼的眼神
风收回了那些轻
但风收不走深处的事物

收不走泥土中的根系
和时光深处的念想

风收回了那些轻
你成为一再遥远的故人

西河牧歌

那些草舍，每一间
我都想住下来
耕田播种　放牧收割
手捧着你的酒窝
围炉小酌
只有我们两个人
看不厌对方的山岳
和才下眉头的秋色

那些庄稼，每一棵
都像我们健康的孩子
不管是包谷洋芋
还是油菜葵花
我都要热爱他们
热爱他们葳蕤的生长
和繁靡的花事

那些日子，每一段
都带着潮湿的钟声

和义无反顾的后果
有一天，我希望时间慢下来
慢下的时间啊
像宽阔河面上薄薄的暮色

让我们在深入的春天里相遇吧

一月，你身穿白裙
沉睡在冰晶的王国
二月，春雷手握节令的鼓槌
叫醒你消融的睡梦
三月，油菜花开
我想把这条黄色的披肩
轻轻地为你披上
你轻摇着嫩绿的头发
为什么脉脉不语
四月，春天已经很深了
让蜜蜂和花朵相遇吧
让种子和大地相遇吧
让嫩绿和粉红相遇吧
让我们相遇吧
让河流去远方吧
让列车开动吧

春天的祈祷

我和你一样，喜欢春天，喜欢丛林。
在房檐下，赶上一阵风，世界收起耳朵，
少女从花冠钻出，伏在上帝的掌纹中。

啊，你那美丽的上衣，恰如你自己唱的歌，
牵连了远方的故事。浩浩春风，种子
乘自己的翅膀飞行；茫茫草野，连绵的事物
初见颜色。彻夜行走的他乡，抵达一处嫩黄的地名。

跪下。那最庄严的时刻，我们抛开血缘，
手捧神签，你说，新修的庙，保佑先来的香客。
但愿你桃红的菩萨、嫩绿的解药，让我苏醒的
沉疴，度过芬芳的二月、三月和青涩闲愁的四月。

与一本盛开的桃花相遇

春天从高处来到缓慢的村庄
桃花濡湿水红的两岸
虚掩的柴扉犹如轻启的唇
盛满花事的季节淋漓轻盈
我们曾把去年当成昨日
恍然只隔一个迷醉的良辰
年龄如你粉嫩的乳尖
我目睹了你清晨的盛放
亲历了你向晚的清凉
只是我们的故事尚未结果
春天又修改了新的情节
如果重头再来
我们一开始就应该燃烧
一片接着一片在大地上铺开
迅速融掉经年的冰雪
融掉栅栏、门第和口是心非的拒绝
让马蹄放弃信步而纵情原野
让道路放弃蜿蜒而直奔茅舍
让床铺放弃折叠

让庄稼放弃拔节直奔谷垛
让黎明直奔世间袅袅的烟火
让欲说还休的娇羞
直奔活色生香的生活
我之所以如此
是因为不忍与一本盛开的桃花相遇
而又一再错过

做一朵不开的花

我目送你转过山坡
你走过的地方
泥土及时解冻
芳草和鲜花尾随而去

你是那朵坚持不开的花
不开就有时间等待
花前月下，来往的行人
等他们把一生荒废

做一朵不开的花
想在心头，却不招摇在枝梢
尽管大片草地和花朵在你周围
却只衬托出唯一的你

牡丹隐者

用牡丹来形容一个人
容易落俗地把你想成
贵妇或者太后
其实，我指的牡丹
是放置在高阁的那株
是藏在心里的那株
形容你是一朵花
也容易落俗
但你的确是一朵花
一朵调动所有能量
聚精会神开放的花
那朵最大的、曾经不开的花
在我离开的时候，灼灼开放
我不明白的是
你为什么隐忍了一个春天
直到初夏

洞　房

我从下午走来
从瓶中倒出封存多年的心事
在有裂缝的桌子上
我们铺展手臂
起伏的山如波涛
青涩是口中凉凉的浆果
守门的人把持门闩
我们在洞中灭了烛火
安详如麋鹿
你微闭着双眼
我放慢呼吸
冰雪般纯洁的夏夜
夜莺从下午走来
黎明前离去

一场奔跑的花事

春天在高处守望
风铺平午后的山坡
你手握繁忙的花事
安排远道而来的蜂群

天涯在远处
而你就在那里
我们的去路并非一个
我们此刻共有山坡

堆满心事的花种
伸长触角抵近
蕊尖的花粉簌簌脱落
露水是你娇嗔的反抗
阳光是卑微的弱者

你的等待让我奔跑
你的奔跑让我着迷

天空之城

在河流之上，播下云彩
云脚如雨，所有的窗户亮着灯光
去往来世今生的路上
你如一条红鲤安静地游走

在山坡上，在额娘骑马的草原
紧握手中的鞭子和星辰
长天如巨大的帐篷
酥酒在对视的永夜中漾开

在雷声不能抵达的大地
在没有预报的戈壁
突如其来的风，把大海从远处升起
也许睡下，梦中
才有湖泊盛满安静的世界

无可抗拒

我们从傍晚开始饮酒
马在夜晚放牧
嘴唇胜过蓝色的灯火
谁举过头顶
把天空一饮而尽

我们坐在营造的草地上
谈论空荡荡的来世
候鸟推开窗户张望
露水凝成泪水
情不自禁地滴落

我们想象爱情
犹如江湖中绝尘的侠客
掷出的酒斛
盛满你的体温
还有燃烧的故国

后　来

路，按照自己的想法
去了不同的溪涧
水在水上面听着消息
春天平静
像烟火升起时无风的早晨
那时我们还是两座山上的小兽
去吃同一棵树上的叶子
住进同一个洞穴
我们用牙齿划清界限
树冠尚未长出鲜艳的浆果
后来，我们学会了爱
学会了拥抱和耕作
河边浇园，车前织衣
手握芭蕉捧回清水
整个森林，氧气、阳光充足
脚下是一片安静的湖泊

大城小爱

我喜欢你
暂时不打算爱你
择一座城
住下来
能够彼此遇见就好
不指望厮守终老

我喜欢你
因为我不敢爱你
我怕我的爱太仓促
没有准备好
说出爱
我怕我的爱
分给了祖国和父母
没有全部给你

我喜欢你
因为我不能爱你
我已结婚生子

错过了最美的花期
错过了就永远错过了
你不能对果实说
我爱你

我喜欢你
只能这样了
我已尽最大努力
我最多只能喜欢你
就像稻谷和玉米
种在各自注定的田地

茶事，或者姐姐

亲手种下的茶，开出一朵优雅的白花
春天拆掉了欲望的栅栏，蜜蜂和蝴蝶
征用了三月和四月。采茶的姐姐
曼妙的腰肢间盛满芬芳，柔荑一样的双手
起落如轻盈的琴键。我愿躺在一株茶树怀里
被太阳暖着，像一尾幸福的花蛇
藏在触手可及的树梢，被姐姐看见
不去伤害它，却享受着她桃红的尖叫
薄暮时节，姐姐解下腰间茶篮
摊开万千茶尖，伸手翻动内心的春天
升起烟火，在茶娘的手中欢呼、跳跃
火热的生活里，身体中的潮水在翻滚中散去
揉捏是一种升华，香汗和信仰创造了一个世界

鸟鸣的颜色

如果鸟鸣有一种颜色
那一定是绿色
因为在冬天
我只听到过来自竹林的鸟鸣
我惊诧的是
竹林并没有食物
只有唯一的绿色
我知道　鸟鸣的坚守
一如绿色的坚贞

一声鸣叫
露出春天的事物
不平则鸣
正是你的鸣叫
让扁平的世界变得圆润
春天的鸟鸣
像一口嫩绿的钟声
在不经意间
完成了对世界的改造

命　令

氤氲的水塘，升起扑面而湿的晨雾，
笼罩其间，朦胧若仙境之上。
我愿坐下来，用一生的雨水和你交谈，
春水从堰道中流淌，沁入桃花和杏花的暗香，
你水袖盈盈，攻防兼备，
像一座娇羞的营盘，充满攻打的理由，
我将听命于你，在春天的岐路，在岐路的尽头。

水　洼

那是秋天的午后，最后一次想你
最后一圈凌波靠近石堤

记得水洼饱满，像一个柿子
村子里的植物，树冠长在水中

有些人被比成木头，躺在岸上
蚂蚁从内部挖出黑色的籽核

背光的额头侧过来，像一扇虚掩的门
水鸟在枝头，倒映着起飞的白色

秋 水

我一直在诗经的草木间中寻找
在庄子的梦境中寻找
在盈盈的眼波里寻找
在莞尔的酒窝中寻找
在你回身的长发倩影里寻找
在你嫩如柔荑的指间寻找
啊，我的伊人
你在这里站立了千年
我在世间寻找了千年

我多想望穿你苍茫曲折的出身
望穿你少女一样羞涩的心事
在我辗转的每个良夜
你就是那柔情万种的秋水
你就是那娉娉袅袅的伊人

选定一个微风的时日
让树开出最美的繁花
遇见最美的你

就在秋水之畔　结庐而居
半壶浊酒　一尾焦琴
红笺小字　青袖拱手
虚度所有的余生
坠入万劫不复的红尘
三生三世　不醉不醒

结庐过往

正午时分
我们从山坡下来
木门打开
阳光为尘世指路
从遥远的地方
追逐到地平线尽头
在那里，停下来
结庐过往
安静成一处潭
扔掉多年的阴翳和漂泊
与两岸保持和平
涛声爬上松枝
那一刻
我们像沉睡在山间的银河
有着皎洁和安宁的呼吸

暗　示

穿过桦林、溪涧和清晨
起伏的山脊如眉
我从你眼前走过
你如果没看见得得快马
一定能听见我追逐的鞭声

高山的夏季太短
果实太急于成熟
而你更看重花开和生长
远看似乎漫长的一生
转过山坡即天涯

那里只有一条无尽的前路
和彩虹的路标
指引我们许下诺言成佛
或者离开　坠入巨大而苍茫的红尘

八月未央

你在此，我在彼
隔着山峰的根系
我看你眼睛时
小小的触角
甜蜜如蜂
让人惊心
漫长的一天
赤日炎炎
我们抬头
跌进雾里
太阳举起手掌
穿过松林蓬松的发间
留给我虹的记号

时间论

我喜欢看阳光
被你捧在眼前的样子
半明半暗
像你的名字一样斑斑驳驳

我喜欢你偏过头来
黑发遮住的脸庞
只是我看不见你的眼睛
你的眼睛满是娇羞

我喜欢你认真的谈话
有板有眼
稳妥得让人相信
这个夏天的傍晚
你水到渠成的安排

我喜欢你的时间论
如果皱纹终将雕刻额头
我能做到的是
不让皱纹刻在你的心上

西楼记

疏林入良夜，霜枝近水月
寒风中我们伸出触角
在彼此空荡的袖中重逢
你的手臂如嫩滑的块茎
你的眼眸是多汁的山坡
世界平阔，我只记住一座山峰
草木葳蕤，我只爱上一棵槁木
更深江流远，夜静爽籁生
我们像两颗黎明的星辰
拖着睡眼惺忪的水渍
微风一吹，目送长江断处
最是不胜清怨月明下西楼

西　厢

你离开以后
夜晚只是开头
钟声又敲过一遍
江湖里
我的雪胎梅骨
不敌吹面之风
过眼之云
西厢里青灯如豆
女施主掩袖簌簌而泣
寒光盖住红尘
安于匣中的山河
像小僧的一场春梦

在丽江想你

我愿做丽江的一块青石板
静静地守候巷口的斜阳
良人的马蹄尚在归途
我的等待还有千年

我愿做丽江的一缕炊烟
照看古城的胃口
年幼的孩子尚在怀中
稻穗正在积累一生的晚安

我愿做丽江的一河斑斓
迎送一生流浪的星辉
举头看不见尘世
抬眉望不见故乡

什么地方

什么荑花又开，一袭清凉
什么道阻且长，四野茫茫
什么地方下种，什么地方开荒
什么风吹过原野，喝酒的人放声歌唱

什么车轮，载去我的营帐
什么地方你侧身走过，铺开牙床
什么夜雨潇湘，秋池水涨
什么灯火照影，隔河相望

什么船头，你抖开衣裳
什么地方牵姐姐的手，饮她血红的酒浆
什么地方剪烛，依依西窗
什么地方坐下，握着风雪夜归的故乡

桂花开了

桂花开了
我身体多病

病让我成为一片黄叶
在你的香风中
醉生梦死

死倒没什么可怕
怕就怕
一场迟早的大雪经冬不化

雪在堆积
我在飘洒

早晨一起来
我就知道
桂花是开了

给我的孩子

我会记住这个时刻
1 月 31 日或者腊月二十二日
傍晚 7 点一刻
一场专门的雪花来自北方之北
而你来自温暖辽阔的山河父母

我原以为你温婉淑达如古代的才女
殊不知你却是大风长歌的铮铮男儿
前来报效我们张望十月的惊喜

我想给你所有的爱
让你在这个冬天
像一只振翅的莺
飞出一片桃红柳绿的春天
或者是一颗昂扬的种子
长出一座蓊蓊郁郁的王国

长大的嘱托

爱则如鹅
恨则如钟
起伏的腰身
有柔软的梦话
走过一路
盛开着熟睡的莲花
哦，你是那么美
半个天空在眼里
半个天空在水里
你自瓶中而生
围着天空的碎片
我给你翅膀
你要自己学会飞行
我给你胃口
你要喂养自己的钟声

离　开

沿途都是车站和稻田
树木行色匆匆进入秋季
你忽视了青苔和月亮
深渊一样的血脉不再坚持
疲惫如婴孩
陌生和远方收养了你
从此再无亲缘
无可救药的你
义无反顾的你
像一粒前途未卜的种子
带着宿命的外壳
飞进方格的大地
蝴蝶阻止不了你
雷雨也阻止不了你

我喜欢平静的生活

我跟你说过，我喜欢平静的
生活，我只想有一间房子
在一片菜地的中心，蜜蜂
是春天之前开放的花朵
我还想要一个妻子，温柔贤淑
帮我洗衣，做饭，在适当的
时候，生一双儿女
我们只吃白菜萝卜
在两亩地里早出晚归
不用担心工资，也不考虑职称
以及虚假的应酬和逢迎
我只喜欢平静的生活
我只是一个狭隘的群众
我不关心祖国和战争
我只要简单的粮食和蔬菜
简单的生活和你的关心

私人生活

我生活的地方
阳光充足　雨量充沛
我和自己的家庭安居乐业
窗台上的吊兰
恰到好处地开花
我四下看看
没有什么事情发生
关上窗户
又一个人坐在椅子里
发霉　长芽
像蘑菇一样
撑着思想的幌子
闭门造车
客厅的天花板
剥落成一地时间的碎屑

仲夏之梦

斑斑驳驳月影下公园长长的躺椅
裙子的粉红花边在黑色扶手上搭下来

我所熟知的小路穿过繁星点点的夜空
夜莺在巢中漫不经心地叫着自己的名字

它眼神淡漠地可以看清世界的善恶
甲虫的背壳像一滴潮湿的眼泪落在叶端

天鹅抬起的前掌像斧头剖开蔚蓝的湖面
倒映的马匹披着鬃毛两边马镫锃亮空悬

在时光倾斜的天涯荒原接近黄昏的宗教
俗世的粉尘盖住灵魂中昆虫爬过的痕迹

她

她的道德是柔荑的白
她的棉衣通常是含苞的花
她抬脚跨入落满灰尘的俗世
她几乎没有准备地跳进我思想的潭中
她走进平原辽阔的傍晚
她勒石以记淡黄的钟声
她穿过灌木躺下蔚蓝的身躯
她张开双手保护睡觉的森林
她点起的篝火照亮了山坡
她写的字拖着星星的尾巴
她张帆远涉地图悲伤的蓝色
她的额头涂满泛滥的驳船
她的肋骨竖起谨慎的梯子
她的乳房跌进无数奔跑的马嘶
她的呼吸在人类的彼岸
她抬起大寒的眼神暴露血缘
她折断树枝敲响季节
她回到故乡
她的内心指向一场雪的追认

公无渡河

青苔小径通往森森城堡
猫头鹰照看炊烟和浆果
榉树在凌晨两点尚未睡去
颤抖成一片夜风习习的山坡
巨大的山麓像手掌仿佛要压下来
天气翻手为云，覆手为雨
我迂行前来看你
希望你是完美的虹，有七种颜色
或者是冰，带有经冬的味道
我希望你从弧形的云端屏息飞过
我知道你是一个天空的潜行者
如果天亮了你可以和太阳一起飞行
如果是傍晚，我希望你回来
一个人不要去渡太宽的银河

悲伤逆流成瀑

一方极陡之崖　水化瀑而下
停下来感到她的苍茫
秋水涨过　温碧如玉
两岸是和平的村庄
一条漏水的堰引她流走
阳坡散着她绵长的根系
一直伸下大河岸边

雾中公路平坦让人想走
炊烟只剩味道
河水有了安静的现状
那里横着陈年的枝干
坐在漫漫的源头
你突然变成跳石
揣在胸口也不能焐热
你羽毛苍白　你蒸腾如雪
飘崖故意遮住天堂

新修的庙堂里供着石佛

悄悄的一炷香佑你
灵验的预言在暮色中到来
金黄的稻禾怎么也跨不过田埂
水也不能逆流而上

进化论

所有生命抓紧进入春天
石头抬头　父亲生长
种马迈出前蹄　花冠遮羞枝头
手掌潮湿　乳房潮湿
种族沿山坡和大河蔓延
水涨上岸　路深入河
荒芜的驼群对水源跪下
傍晚　道德被放牧
看起来像只鲜艳的菌
没人去吃
蛇躲进暗处满身冰凉
篝火再次燃起
岩石跳舞　娘子落地
忧郁的人才去唱歌
一棵木头带动一片森林
表情随风浮向树冠
喑哑的枝叶
唤醒巢居的头人
武器像一根烟管

像昨夜那样叼在口中
那一道寒光
受孕了所有风餐露宿之人
巨人的面孔倒地变成阴坡
在找到水源前死去
路标被沿路推倒
归家的野兽丢了开阔的胃口
天空彩虹消失
我们毁弃盟约
所有熟悉的道路
都是陌生的人流
忧伤的大河　转身而没

傍晚的火车随想

每一座山在傍晚开始躺下
身前身后是无尽的睡眠
暮色从四面合上眼睑
忧愁和坎坷放弃抵抗
多少悲喜和离合被灯火攻灭

列车如一只莽撞的牛犊
跌跌撞撞地闯进人世
然后又匆忙地奔向荒野
夜月和晨露填不饱它苍茫的胃口
两只砥砺的牛角一再重复地耕耘大地
望不到尽头的车站何时返程

乘客都以为火车是自己的
被下一个车站拿走时往往心生不舍
有时候我们希望离开快一点
然后又希望更快回来
以为见到黄河它会为我们停留
结果它无情地奔向远方

去 蔽

重 复

树林抽出一条路
又被落叶收回

怀孕的兔子
像琴键的两手跳跃

从树上落下的坚果
突然击中柔软的秋天

傍 晚

如一副巨大的翅膀
动物像尘埃一样歇落
反刍内部饥渴的胃口

邻近溪涧的羊群
白得像神明
整个下午天空一贫如洗

一条向下的河流
打破时间后汹涌靠岸
我听不见呐喊
只看得见涛声

时　日

每个礼拜日
休息的人们
迈过时刻的阴影
拾级而上
他们生着一对翅膀
他们在城里走动
扛着棺椁
另一个人形如货郎
兜售天机
神晚上见到的人
下午还在地里劳作
时间的快马
让人惊愕

事　物

古树若干辽阔的心思
颤动的叶吹着口哨
闪闪如一条条河流

少女侧向窗棂
摇摆的树枝
结出微笑的果实

远离血缘的路上
我无法伸手照看
她的裙子和午餐

伟大而干净的事物
在空腹的天空更蓝

梦　境

比壁画还脆弱
很快跌落得干干净净
连墙角白色的粉末
也不能抬头

电影最后
只剩几条拉花的线
颜色被端掉
夜晚回到从前的幕布
情节放回匣中

安睡于床的儿童
怀抱玩具醒来
早晨的花园
一切都在上帝
雾气腾腾的掌中

天　空

人世间的线千丝万缕
上帝曾将他们一一牵在手中
母亲和胎儿之间的藤蔓
有一天终在水中获得

星星无动于衷的闪烁
证实宇宙和灵魂的渺小
倒行在天空的水手
不信上帝创造了世界

他忽然在海边停下来
涌动的潮悬于半空
决定总有一种闲散的味道
月亮常把夜晚留给大地

末　日

我只记得水声扑向山寨
骨瓮攀爬到结满柔苔的白崖

大河淹没了早起的村庄
房屋陷于不能自拔之地

时间在丛林中像湖泊一样平静
绝路的羊啜饮幽闭的井水

雾气沉沉的路上
我普渡的心生出阴翳

牙　齿

我时常想去你的石屋
七月的雨打湿纷散的纸灰
你的大门紧闭
像两排咬紧的牙齿

我藏起下颚
“每颗牙齿都是个意志”
不能敲击
而震动了水瓮中长满青苔的倒影

背　面

月亮上一定有棵
灰色的树
和倒映的潭
落叶活着的一面
绕行于深秋的枝干

一阵闪烁的言词
动摇了两片天空
彩虹暗示我们
排练颜色的秩序

用莲花行走的神
在镜中留下水渍
人们的祈祷
像迷路的蜂群
怀揣一口甜蜜的水井

苍 茫

有些东西像杏仁悬于
黑色表皮和枝头

有些东西像岩石中的金属
耀眼
苍白的叫喊拖着什么
撞开喉管

有些东西像田稗离开
锄头抡起嚯嚯水声的怀抱

有些东西来自我
石坎一样陡峭的内心

信　仰

落叶的树
长在危险的地方
枝条藏着听觉
垂进山谷

许多条泉水
挂在崖前
所有的黄昏
像盛开的闪电

先知指引羚羊
无畏地越过深渊
从彩虹搭成的桥上
抖出毁弃的时间

早 年

那时秋风
暗藏颜色
缘溪隐约听声
小瀑
喘气如少女

林间探入花冠
苍苔
通晓远日的宠幸
雾色可以
掩埋岩石的灰青

参天树木
举起手臂
推开预知的阵雨
群鸟抖翅
黄昏四下涌来

零　点

夜晚像古老的仪式
带有花粉的小虫从花中回来
我需要酿造一些酒
告慰由来已久的宏愿
像彩虹在心头谈论空荡荡的来世
时间回到原处
睡眠安如玫瑰
思念是弹奏中疼痛的琴弦
那一刻，我和周围的时间
插在孤独而深刻的缝隙之中

夜 行

整个冬天山都将空着
桦树追逐满月
原地打转
没有陷阱的旷野
教导我们各自隐藏生活

冰封住窗户
道路埋头
回去吧　回到从前
安坐如沙弥
退缩成一具带壳的生命

我们手持棍子像涉水的鹤
长夜绕过半面山坡

阴 暗

一棵树的阴暗在树腹
蛀虫在其中搬运祸心
空洞而又枝枝蔓蔓
极尽掩饰和包藏的生长

一座城池的阴暗在大街
每个路人肩头都扛着地狱
日月在天空圆滑照耀
把影子狠狠砸向方形的大地

一个社会的阴暗在人心
暗黑如古老的咒语
每次良知的叩门
都消失在漫长而又喑哑的永夜

拯　救

时常怀疑自己所经历的纪年
那细腻而又整齐的断面
让我对其中的另一部分似曾相识
如果我们停下来靠着
世界因此富有山的意义

你要听到一块石头的呐喊
必须俯下身来
安静成其中的一块
把心跳和呼吸关起来
像一只偷听的耳朵
像一阵安静的湖泊
覆盖苍翠欲滴的青苔
表情不会跳动和惊慌
没有起伏的微澜

我如果地处地狱
确需拯救
则帮助拯救完善了本义

岁　月

每一天
都有更多的蚂蚁母亲
脱去翅膀成王
洞穴之内
稀薄的身体如冬夜

每一天
都有更多的救世基督
钉上历史的墙壁
泥土中攀爬的根系
像灵魂在湖面抬头

每一天
都有更多老去的黄梨树
矮过月下的屋檐
落叶沉重
时光毫无遮蔽地
走向澄澈

日暮里

翻开瓦粼
伏在干处的槭叶
穿过黄昏

佛堂下
鸦鸣已过暮年
日头如云

深沉的长路上
一程冰凌
赶到起风的檐前

最后的雪

雪仍在山中
举着洁白的法器

南　亩

仰坡朝南　风吹过榛林
乱石周围一片坟地
茅草摊开金黄
藏在坡上的眼睛突然洞若神明

兔子朝两个方向蹿开
蒲公英的种子迈进贫瘠的大地
我的农民兄弟把家粪
一筐一筐整齐地堆到季节的棋盘

他们掏出了冬天的肋骨
要造一片果园
还有一条菜花蛇
苏醒在礼拜天的下午

草　庐

傍晚从四周落下
人归于低处
棕色的草房吐出小径
河流顺风而去

老人伸开手指
静坐如钟
茶壶口吐莲花
暗红的窗纸扑动如蝶

门在山中四季敞开
竹管中的泉水汩汩流进水缸
大地上每一种野果
对人类保留着最后的奢望

青苔和麦苗
漫至母亲胸前
她曾过早地去了
天空一轮潮湿的月亮

火 坑

一个盲人的声音
在心里走来走去
灯即使没亮
它也能看见灰尘

单薄的村庄
月亮照着醉酒的树影
灯火陆续退却
大地一片寒冷

时间守在一个句子的尽头
再晚一些大雪飘零
目光变成一只盛满白灰的火坑

山　中

山峰绕过道路
山林干净如雪
松垮的柴门撒下谎言
众生在神像面前供认因果
睡眠像莲花起落

过路的人面我而去
脚印看起来并未离开
像携着满坡风雪刚刚到家

在大雪封山的日子里
山门洞口　默数念珠
一夜可当数日

观　音

观音端坐莲花
手持净瓶
伸出一枝嫩柳
治愈那有毒的心

观音端坐莲花
手持净瓶
大慈大悲的眼睛，她微笑着——
谁想治愈自己那有毒的心

废　城

向河的瓦檐
伸出长满青苔的听觉
所有的黄昏
先知用彩虹指引我们

天空泛红
卷起少女的镜容
脱去黄叶的树
在微醺的季风中醒来

只有黑色的枝条
垂进古老的王国
路镶在行走的墙外
像荫人的花边

泛起磷光的果实
铺满预兆悲喜的床
只有带着思想的人
像泉水一样冰凉躺下

稻　草

稻草躺在田埂上
内心阴暗
它完全可以构陷
一架身体失去重量

稻草是老实的
它主要是放心不下
这些自己的孩子
长在别人的田地

一直在腐烂
趴下来
能听到微弱的骨折声
如嫩生的拔节

先　贤

雪花是服从的花朵
口唇则是反抗
心系泉水和猿啼
落木萧萧而下

一所漂流的行宫
四面都是东方

年轻的鸣禽
黄昏时尚未归家
山中树林成病
思想独自落叶

来世飘荡
茅草举着一头白发

老　人

岁月像一座庙
老过的人放大了自己
陷于一口黄昏之井
寒腿摇晃如轱辘
光亮只挂在绳上
张望平素的天空
时间的崖洞装不下退场的灵魂
悬挂冰凌的洞口
传出了远古的水声
洞中的人爬出了肉体
骨骼中鸟鸣苍青

死　者

人们对死者感到遗憾
他们不能在春天爬上山坡
坐在信风吹拂的草地
晾晒棉被、骨骼和经冬的心
但他们也许会在夜深
端着茶杯到处漂浮
像人们未曾见过的灵魂
他们的烟斗是最老的恒星
几乎不再闪烁如眼睛
他们飘渺的上颚喃喃细语
爬上梯子才能听清枯萎的念头
也许他们并不像世外一样清静
麦苗和青苔还不能和睦相处
也未习惯郁郁丛中
他们露水一样的思想
显出优雅的倦容

渔　夫

并不是所有的人
都能在湖泊中看见倒影
它深处的暗流
迟迟不能抵达渔夫的内心
微风和鳞纹
在下午闪耀成一片星空
被遗忘的乌云
在更晚的时候起浪
鱼是湖泊的主人
渔夫不在时
鱼才是湖泊真正的主人

钟　声

塔楼里传出钟声
尖枝直指天空
湖水倒映着部分森林

走在每一条路上
脚步都在心中回响
像极一个双层洞穴
捂住胸口倒吸凉气

一匹半夜归家的马蹄
有走失的预兆
生活的腰肢间
伸出两只黑色的翅膀

它用一种假设
让所有的真实飞翔
实现对光明的确认
就像脉中之象
清澈地流过拿病的指纹

骡 子

从大路进入山谷
溪流赭黄
硫磺矿遗址仍在
骡马遗失在空屋周围
踏出开阔的平地

它受伤的前蹄
得到消息
枪声对准野兽
燃烧的山坡
举起手来

每日行走的人
注定死在路上
他不适合看见上帝
随意把人类的东西
散在山间

寒　兰

冬天瘦削只剩骨骼
水源晒在崖上
细小如绢
青苔等待多日
一丝游走的冰
融成低处的雪

我在沙砾中抱出你
幽静如少女
手捧细腻的生命如灯
拔去我半生之病
我供养它
它亦如药
一点点深入我心

菖　蒲

没有敷衍的苍翠
没有嘱托的清新
来自瀑布的喜悦
放纵而持久
三生之内
逃不出命中注定的场景
虚构的山河故人
溯流　回不去干净的塘
如果你去了北方
请带上我，或者秋天
多么薄幸　多么寒凉
河水也有回头的浪
而你只有义无反顾的远方

枫桥夜泊

雨落下，肺叶如泅游的鱼
扇着清新的耳光
今夜。舟中。渔火浮沉。
披着月色的酒杯，举起霜刃
对决中各自咽下后果

鸣　禽

石头和松树是邻居
地名从四周来看都有意义
高处的泉水
停下来成为潭

我的另一部分穿我而去

你的主动引我上升
古代的美女环坐云台
我几乎准备去学会
操持孩子们简单的午餐

风经常是过冬的粮食

田　鼠

从泥土中醒来
侧身便是一个冬天
洼地的田鼠
把粮食搬进洞中
干净的稻草晒在坡上
早晨尚有微霜

用前颚和鼻子行走
偶尔抬起头来
站在自己影子当中
沿原路回去吧
像水源一样
在底层流动

半 夏

山坡一再荒芜
大地只剩乌鸦
你清新的样子
像园中可口的蔬菜
我以为你的果实甘之如饴
块茎多汁丰满
当我含你于口中
刺喉，夹舌，哽咽，痛苦难当
我轻信了你的叶，郁郁可人
我轻信了你的毒，痛不欲生
而你依然毫无愧色地生长
你只管医治我的伤
而不供养我的肠胃
你只是一味负责的中药
而我把你当成经冬的粮食

磷　火

飘荡的崖上
藏有冰雪和脚印
陌生如一提琴
拨开水源

你藏于石头里
干褐的眼中
盛开一簇野菊
散着初冬的味道

柴火归来
献出它们的全部年轮
内心的藤蔓继续生长
花冠的钟黄昏常常敲响

烟　囱

把一只骨质的歌
送上烟囱顶部
发出受伤的呜咽
让他们自己平息
一缕缕灵魂起义的青烟吧

兽　脚

我的小兽丢了脚
隐秘的溪流中
尚有剥开的呼吸
再也奔跑不出雪白的脚印
我握着截断的一程
代替它在傍晚林枭的悲鸣中
继续行走

桥

我远远地看见
童年走在桥上
而水漫过桥面
孤独的孩子牵着手
摇摇晃晃如倾斜的滑梯
桥的一生那么漫长
远远地连着天堂
波涛与我融为一体
火车从我体内经过
最好的朋友开始说话
眼睛如褐色的桃仁
我们阔步走过
一束漫长的光照着——

秋　天

你在云的南面
影子已经落下
撩拨了刚睡的孩童
我在梦里向外跳跃

山中流泉瑟瑟
枝头尚有青果

在山的另一边
芭茅如雪
乌桕火红
瀑布又变细了

阴郁的一天
我们在下游升起风烟
最红的一棵树
一直落叶……

阁　楼

爬满窗口的方言
张望的一面
有灰色的耳朵

里屋的炉火无人照看
它们手捧小灯
在自我营造的黑暗里
慢慢抵抗寒冷

深邃的夜空洞无依
塔楼里的钟声传出
更深的路旁
一匹半夜归家的马驹走过

事物的口已张开
需要更多的人手喂养
忍耐的粮食
它的味道只是摆设

蛙

踏平夜晚的蛙
一会儿在池塘
一会儿在如水的床下
春天忽然而至
生烟的大地
卵下在哪里
天气一晴
就漫山遍野地长大

果 园

河流尽头，水源只剩洞口
怀孕的女子把石头扔进洞中
溅起酸味的水花，而梦中的泉源何时抵达
极乐，陶埕中的纸条任意漂流。
拎起滔滔的清澈，烧沸久封的胎气，
翻动的白色里酝酿乳名。
一度喧闹，然后是长久的安宁。
好久没看，也许果实带着花蒂正在暗暗生长。

夏　日

生活的两扇大门紧锁
上帝的光透过门缝变成阴影
蘑菇掀起裙角
看到了树的亲缘
世界收起巨大的羽翼
像一个词蹲在句子里不露声色
墙里的花开了
不能回放去年的花香
镜子里的药
慢慢治疗镜子的外伤
灌木颤抖的影子各怀心事
夏天的枝头
覆盖一层薄薄的雾色
庄稼地里田鼠探头探脑
爬过不可言说的皮下
那时候，我以为
成熟是排在最后的事情

晚　景

日复一日的年节
爬过喘气的山坡
面对丛林不知所措
你从水中来
带有凝重的雾气
安度的气味飘过晚年
散去深刻的颜色
花朵笼罩其间
少有枝叶　多生杂症
鸟雀趴在沟的两岸
啜食紫红的浆果
汁液染红嘴唇
榉树和栗树混长
它们的根深入各自的生活
照看共同的晚景

言　说

鹅儿坪的落日

父亲赶我们去鹅儿坪
给豆子锄草
我不喜欢干这件事情
但我喜欢鹅儿坪的松软
赤脚走在上面
就像鹅儿嫩黄的绒毛
地边一条小河平静淌过
倒映着鹅儿坪的落日
我最喜欢鹅儿坪的落日
光线从疏林间照过来
像少女的眼睑后面
藏着斑斑驳驳的心事
让我幸福
我背对着太阳
给父亲说，太阳落了
父亲头都不抬说，落了也要锄完
于是，我们低下头
继续给亲爱的豆子锄草

最后的返乡

山坡上只剩一种颜色
道路被收回山间
水井恢复成泥潭
石坎坍塌了秩序
田野不再辽阔
堰渠漏水
果树忘记开花
杨柳长成乔木
古树枯死
木匠的发明没有用处
哑巴离开前种了最后一季庄稼
疯子在巨大的孤独中恢复神志
二叔望着婶娘的山坡
在雨天以打狗为乐
狗不再谦卑和顺从
反咬了二叔的手臂
老幺和外地媳妇是最后的夫妇
而孩子是前房矿难留下的
最后一次来到鹅儿坪

我出生的地方
离开时点燃一棵杉树
让它像火炬一样
留在那里
多亮一会儿

向漆匠姨夫学习

姨夫下午五点睡觉
我六点下班
姨夫晚上十二点起床
顶着矿灯翻梁翻过干柴梁
我常常十二点才睡
姨夫早上九点钟收招
这时，他已经来回走过
30 里山路和 10 里招路
割完 800 个漆口，又收完 800 个漆口
在 300 棵树间爬上爬下 4 次
这会儿回到家中准备做早饭
我早上八点才懒懒散散起床
中午十二点下班
一直到下午三点上班
这时，姨夫又薅了 1 亩包谷草
挖了 5 背洋芋，喂了两顿猪食
还有 10 只母鸡和 2 只公鸡
忙完这些，姨夫开始出招桶、理漆叶、磨漆刀
收拾腰篮、围腰、绑腿、漆匠草鞋

还有吊瓶装的半斤包谷酒
然后去菜园摘回黄瓜、茄子和青椒
做一个腌黄瓜，炒一个茄子
煮一锅洋芋米饭放着
留着肚子晚上出坡前吃
然后，姨夫洗了一把脸
饿着肚子躺在床上，慢慢看到了姨
要是姨在，就不用吃剩饭了
姨会轻手轻脚起床，做好漆匠饭
叫姨夫，嗨，起来吃饭了
然后又睡一个回笼觉
此时，是下午五点
我还要在电脑前混一个小时
至少 40 分钟才下班

麦芒之死

——据《北京晚报》

麦芒跳水死了
这怎么可能
每个船舷都有扶栏
大家都说
麦芒是精神失常后跳水死的
那天麦芒进工头曹强的房间
曹强没在
被子底下的两万块钱变成了卫生纸
麦芒出来后
大家都怪他
害得工友们少发了工资
麦芒就这样疯了
后来，曹强被抓
供认钱是自已换的
今年曹强又被“活动”出来了
麦芒 15 岁的儿子又跟着曹强做瓦工
曹强承诺多给他点工资

冬

冬比我小两岁
冬去年嫁到我们隔壁
村民从山坡下来看新媳妇
她像雪地上的白兔一样温顺
冬以前在学校当保姆
冬有一天送我一朵花
里面装了一个少女的微笑和矜持
冬的丈夫，打工被埋进了碳洞
冬抱着一个孩子
还要伺候她卧病的婆婆
冬就像一片蜡黄的树叶
那天，我从学校回来
冬在大门前远远地喊我的名字
我听见了却没有答应

奶　奶

你左手拉养五个姑姑，右手
拉养五个叔叔，还有我的父亲
你站在一顿午饭前
分给每人半碗玉米糊糊，两勺野菜
你自己一般只喝些汤
你说你自己先吃了
多年后，儿女们都成家立业了
你也成了五个孙子的保姆
儿女说，妈，您累了一辈子
该歇歇了，可你仍忘不了
老大的关节炎，三女右边第三颗
虫牙，五孙子该剃胎了
你仍守着故乡的老屋
一次次接你，你说家乡空气好
自由自在，其实你是舍不得屋后的爷爷
所以你一个人经常
坐在院里晒太阳
顺便看看狗叫了
是谁来了　这个下午
你真想有点小事在身边发生

7月6日雨中

堵车了。一辆旧车坏掉了
多少年了，他终于把自己坏掉了
在这一场大雨中
远远地，我看见司机吃力地推车
车里边，能听到夹着雨声的说笑
我的心湿湿的，我走过去，
帮他，他隔着雨帘我看见脸，
在笑。而雨，7月6日的雨，在下。
我挥挥手，有点沉重的脚步，在走，在轻。

快　事

把路边的松树狠狠地踹落了好一阵雪花。
打一把椅子趴在上面写好多嫩生的诗歌。
在山中度岁月让自己像一座庙。
在大水冲过的青石上摊开身体。
对着滢滢的潭吼出粼粼细纹。
沿一条干涸的河走到尽头。
爬一座在云里的山找到那深刻的蔚蓝。
让风吹过耳际一群白云飞过头顶。
看望菩萨。
横渡大河。
去看秋天的一棵大树叶子黄了落了。
说服父亲把一块多年摇摇欲坠的石头推下大河。
和没落歌郎在包谷地里守野猪吹筒。
和老伯伯下雪后跟叉攆仗打牲口。
夜晚大火烧蜂包。
沿河滩找一块好石头把它扛回去。
种洋芋打很长一行窝子弯了抹平重来。
在菜地里把大的黄瓜摘完。
在瓦塘里看两只发情的青蛙抱在一起。

在河里写一下午毛笔字。

从陡坡上猖下去一路灰尘。

沿汉江骑车往上骑三天走到汉中又骑三天回来。

做一个梦一定要梦到书一定要看几页免得醒了留遗憾。

看篾匠划大斑竹。

在太阳湾放牛。

跟爷爷学扯草药。

吹牛。读书。看小瀑。

回老家。点燃一坡苞谷秆。

秋雨的起义

雨轻轻地打在篷布上
雨被烟熏晕了方向
雨随烟飘向远方
雨聚在一起
商量起义
时间傍晚　地点巴山

一滴不小心的雨落了下来
惊动了一群雨
纷纷落下
满怀心事的雨落下来
像一个婉约的词牌
淋湿了一个向南的朝代

雨最终具有草根性
事情就在瞬间发生
它们落进了土地
就像当年一样

从山中出发
最终被更大的部队打回山里

太平河

八条河汇成一马平川
凌厉的脾性在行走中变得温和
郁郁的菖蒲分开两岸
呵护一袭清流
清新的味道漫过河面
像白鹭在山间缥缈

河水划清田埂的界限
每一次流过都是批阅
批阅着农夫书写的稻禾作业
批阅着工整的行文和苍劲的长势
批阅着蛙鸣和月光的胃口
批阅着雨水、节令和万众一心的年成

河流穿行四季
把太平的良愿
送给每一个辛勤耕作的父母
送给每一块孜孜不倦的大地

让 河

这条河的名字让人亲切
她从雪山走来
带来春天需要的绿，爱情需要的红
愉快的木头顺流而下
和石头撞击出一片雪白的笑声
被让河女提回家中
沸腾之后，她们裹着两片跳跃的茶叶
在我身体里继续流淌

一张空白照片

紫色的下午
我和三个女生以花坛为背景
合了一张影
照片出来后
她们送我一张
才发现自己老了
迅速装进口袋
洗衣服的时候
忘记取了出来
少女绿色的裙子
印在我雪白的衬衣上
怎么也洗不干净

她转身就走

我还在滔滔不绝地演说
但是她转身就走
顺手关门
把我一句未来得及说完的话
挤死在门缝
没有一点声音
我仿佛感到
我的鼻子
就像小时候打架
被二蛋用拳砸了一样
迅速肿了起来

臆　想

她躺着
在我隔壁
她躺着或者站着
也可能慢慢地踱着步子
在唱一首歌
我在想
她除了唱歌
是否还需要一点别的
如果躺着的话

站　立

我们是站在窗户上的
两块玻璃
微风吹动我们
窗帘照看我们
我们心中澄明
阳光没有损失地穿过我们
我们并排站着
中间隔着暗红色的窗棂

一 样

怎么还不下班呢
我一再等待
时间就像输液一样
一滴滴流进我的身体
直让我感到
浑身发肿　彻骨冰凉
我第五次偷看时间
我发现流水线对面
白裙子的女孩也在看表
我看见，她眼神里也流露出
那么强烈的渴望

卖豆腐

母亲在家有病
姐姐让她莫做重活
只种蔬菜

爹种黄豆
妈打豆腐
姐姐去买

姐姐卖芫荽
卖芹菜
还卖新鲜豆腐

三元桥

吴光成是我先人
我在三元桥碑上
发现了那个清晰的名字
那么多名字都模糊了
唯有这名字
在我面前变得清晰
仿佛它认出了
我就是他的后人

少年的出神

我要给道路装上开关
给夏天打伞
拆掉围墙和栅栏
让阳光毫无斑驳地播撒

我要给山村修一条高速
给地球镶一道花边
把贫穷摊开
给流浪一道可口的晚餐

我要把翅膀还给飞翔
把秩序还给雁阵
让自由四处蔓延
整个下午都是合情合理的人间

更远的夕阳下
赶羊的牧童一会儿走在羊的前面
一会儿走在羊的后面

偏　偏

一生中偏偏有这么几年
一年中偏偏有这么几天
一天中偏偏有这么几个时辰
太阳照亮窗户，窗里的
玻璃，玻璃里的影子
影子里的预谋，让人猝不及防。

偏偏我正看着窗户里的玻璃
玻璃里的影子，偏偏在这么多年中的
一年，在这么多天中的一天
在这么多时辰的此刻
而此刻，偏偏窗外有阳光
我的看似乎就是一个阴谋

向西的昏黄中

秋天的雨落到嘴里，带病的
药棉浸过毒汁。骨缝里挤进
更冷的伤口，像酒精涂在面孔之上

街上的女人肉体轻盈
她的顺从是阴谋
苦而无边的海水漫过悲剧
舌头因品尝开始腐烂

一列伤心的火车，挥动着
手绢擦去泪水，空阔的座位
尚存一丝呼吸，游走在
秋天逐渐向西的昏黄中

说一些玉米

情况很明显
我没说别的
我是在说一些玉米
一些来自家乡的玉米
它们长时间长在屋后那片地里
那片属于父亲的梦境
太阳用身体嫁接他的体温
玉米用时间雕刻皱纹

在父亲眼里
有一些玉米像我
像我暗暗增长的身高
像我一样需要水和阳光
整整二十年
我都在吃玉米
这说明玉米很有用处
可是　父亲为什么
还把我比成玉米

你不知道

你不知道，我在三十层的脚手架上
紧紧地握着手里的铁
我和你一样
担心哪一天落下来
像一只失足的苍蝇

你不知道，就算落下了
也没有声音
因为我的身体是那么小
随便一阵风
就能把我吹灭，吹成灰烬

可你不知道，被吹成灰烬的我
染上了重病
在潮湿的傍晚
一部分怀念曾经的你
一部分怀念曾经的自己

雕刻时光

窗外响着一种声音
是我童年的乡村音乐
也是老石匠乏味而反复的生活
我听到凿子，不断地凿
凿子与石头的打击乐
以及碎屑的飞落
如同昭示着某种欲望和创造
不断地凿，凿去圆滑
凿去隐藏的懦弱以及细小的私心
凿去一个人罪恶的经历
凿去某种人生来
我知道，一刻又一刻
石头在露出自己的本质
一刻又一刻
石头在失去自己的原形

端午有怀

我愿作汨罗江的一条鱼
饮尽你盈眶的老泪
没有糯米的香甜
只有苦艾苦涩
那是苦海的苦
那是苦寒的苦

我只想托起你飘零的衣袂
望断故国河山
我只想托起你逶迤的忧伤
你的长城如你的理想

让你的肉体沉下去
江河会接纳你
因为你们有一样宽广的胸怀
世界将环抱你
因为你们有一样啸天的气概

你是最大的一个问号

问倒了永生的长天
你的发问是振聋发聩的闪电
天空没有回音
它只是一贯的苍茫
它不会回答
它害怕回答
它只有漫无边际的永夜的喑哑

你是最重的一部历史
我只是翻开扉页
看见你的肖像
而我没去读一个字
没有去翻动一刻的波涛
便流下两行热泪
升起一个民族的硝烟

你是最高的一座悬崖
矗立在我的面前
让我不敢说话
你的每一次回声那么像我的长辈
而我只能双手将你举过头顶
天空尚是一片月亮
大地早有你返照的黎明

醉　酒

夜晚来临
我在楼上走来走去
拉上窗帘
关掉来自上帝的光
在一首歌里淡淡的忧伤
我饮了这一杯

数数 30 年的扁桃
数数过去的苦，数数吧
再数数就要暗下来的日子
我饮下这一杯

我还要饮一杯
把自己喝醉
然后从这个世界走失
留下好长一段空白
让它们就这样空着吧
像一本年轻的相册
还没装进生活之照

再喝一杯吧

解掉绳子，抽了篱笆
好多东西敞着就让它敞着吧
啊，终于我慢慢地开始融化
世界呀，我想躺下

植树节

植树节到了
我们去种树吧
种一棵桃树
种完后就让它开花
要粉红的花瓣
像三月的晚霞
烧过天涯
种一棵李树吧
种完后若有人走过
让他快点
再告诉他一个成语
叫瓜田李下
种一棵芭蕉吧
种完后让它的手掌
在暗地里长大
让它静静地在夜里
雨落嘀嗒
再种一棵葡萄吧
如果有一只狐狸

一定告诉它
吃不到的葡萄是酸的
圣经说偷食的饼才甜呀
植树节到了
我们去种树吧

用一个下午

用一个下午把自己赶上山坡
去晒西边的太阳
找一块巨大的青石
把自己和往事摊开
像一块慵懒的冬天

用一个下午把自己清洗干净
挂在屋檐下风干
远离灰尘、蜘蛛和喧闹
把自己折叠，密封
让生活像影子一样深沉

用一个下午把自己种进土地
种进你丰腴的身体
像蚯蚓一样埋得很深
像水源一样自生自灭
我将这样面对上帝
把身体交付世界

等待一个人走进

我呆在家里
灵魂和镜子很安静
我面对俗世
坐着，只是坐着

我在等待一个人走进
走进这一间空荡的屋子

走进来后，你坐下
阳光从窗外照进来
跌落在你的影子上面
你一动不动
你好像在等待一个人

那个人，有可能走了
也有可能就要进来

我不能证明什么

我不能证明迅速膨胀的气流
我不能逃避现实以及梦想
我耽于夏天的一个角落
我不能证明，春天曾在远处发生
灯光灿烂着夜晚
我站着抑或行进
我对你说
没有目的，就是一种气氛
突然降临的爱情
让月色丧去抵抗
露水等不及太阳升起
就独自远去

永恒在我身边悄悄走掉

窗外下着雪
窗前站着一个女人
视线抛进冬天飘落的羽毛
雪，悄悄落下
悄悄融化
玻璃上凝着水雾
阻隔了女人的视线
一个冬天
隐约的存在和消失
有笑声，但看不见人
有树，但看不见树身
镜子在反光
但看不见镜子
笛子在唱歌
但看不见竹管和哀伤
顺着笛声
无论往前走，还是往后走
都找不到路
我孤单地站在一片雪域

像一台老钟
永恒悄悄从我身边走掉

我要感谢这场小小的春雨

我要感谢这场小小的春雨
恰好可以让我洗一个温柔的澡
把冬天的枯干洗去，露出春天的草色
她悄悄地发芽
像一个听话的孩子悄悄的长大

我要感谢这场小小的春雨
恰好可以浇灌祖国的麦子
它们和我一样悄悄地绿起来
成为上帝脆弱的私心

我要感谢这场小小的春雨
恰好让我的记忆
像春天山头小面积的雾
有点潮湿
有点阴郁

这个春天的轻

这个春天，风是轻的
因为漂浮的云是轻的
从远处赶来的花事是轻的
轻轻地，风儿吹拂大地

这个春天，飞翔是轻的
因为空气是轻的
从这天空滑过的翅膀是轻的
轻轻地飞翔着，这种感觉多好

这个春天，身体是轻的
因为衣服是轻的
从泥土中冒出的消息是轻的
所以，脚步、爱情也是轻的

这个春天，只要是轻的东西
我感觉都很美好，因为
我刚刚逃离沉重的冬天和漫长的等待

停下来

停下来眺望天空
才发觉自己只是一片羽毛
一片漂浮的羽毛，从翅膀上落下
带有一只鸟的体温
却不会再有风中的身影

停下来品味时间
忧伤中透过风雨和苦寒
这时感觉自己是一块石头
外壳坚硬内心柔软
在夜里，不担心生命太短
灯光太长

停下脚步，停下这个世界的转动
停下守望，停下春天里泛青的眼神
停下多情的舌尖和耐药的疼痛
停下来，停下信马由缰的词语
停下语法和漫长的意义

停下来，停下手中的事情
停下来慢慢同这个世界和解
真实地生活
像一头牛，只吃草不说话
活在现实而安稳的田间

交给你

我把花事交给你
我把春天交给你
我把语言、表情和呼吸交给你
我把枕头上遗落的一声梦呓
也交给你
我把最美的时刻交给你
然后在你思念的窗外
长成一袭识趣的青藤
我把这样一封夹着
南方梅雨季节的信交给你
把电波交给你
把衣服交给你
把我自己交给你
就像一串漂泊的钥匙找到锁的身体

我要把唐朝酿成酒

我要把唐朝酿成酒
斟给落榜的秀才
让他们在颠簸的马车上
一边喝着盛世
一边制造悲凉

我要把唐朝酿成酒
捧给戍边的战士
让他们在敻不见人的战场上
一边嚼着干粮
一边思念家乡

我要把唐朝酿成酒
献给交游的诗人
让他们来到人民中间
接近人民，给人民写诗
爱人民，感到皇恩就在身旁

午后之后

用一整个下午看一大片草地
在这个冬天慢慢变黄
两只影子在泥土中慢慢生长
那些大起来的影子
多像一只狮子的影子
一群乌鸦的影子
叫嚣着，要吞没这个世界

用一整个下午听那些地下的声音
听那些左边的声音
那些后面的声音
他们躲在一个人的身体里
一个人的骨骼里

用一整个下午停下来
在繁华的街市停下来
在宁静的秋天停下来
停下来闭上眼睛
那些升起的，又在落下

想 想

想想吧，想想冬天的蛹
想想它们的翅膀
在天堂里慢慢地飞翔
就像一座方舟
漂浮在远方

想想吧，想想下午的过场
想想土坛上的誓言
右手发出挣扎的模样
一条暴跳的青筋
占领了两座山冈

想想吧，想想烧沸的火光
想想气体在飘荡
我站在风口的弄堂
内心深处的声音
制造了一整片苍茫

在十月

在十月，过一个私人的生活
像鲁迅一样
像萨特一样
不停地思考、做梦
做一个朴实的人民

在十月，有细小的想法
行走在故乡小路上
整整一个下午
让自己像树一样寂寞
像天一样空阔

在十月，做一群麻雀的父亲
抚摸它们悲怆的叫声
把它们放上枝头
用一盏越来越短的落日喂养它们

在十月，把自己架起来像一架风车
点燃，像一堆篝火

在十月，蝴蝶从蛹中挣脱
扇一下翅膀就有芬芳的花朵

做一只蚂蚁

做一只蚂蚁，爬行在土地深处
要勤劳，自己开荒种地
储备足够的粮食
来喂养微小的身体

做一只蚂蚁，落叶曾是一场灾难
也是一次运气
做一只蚂蚁，不怕从高处跌落
也不怕突然风起

做一只蚂蚁，行走不能使道路宽敞
停下也不能使世界富有意义
但你不能随便抹掉我
“任何生命都是一个奇迹。”

总有雨知道我的想法

总有雨知道我的想法
我沸腾的水分
如果不是你的冰凉穿过
我就会慢慢蒸发

总有雨知道我的想法
我干渴的种子
如果不饮你的井水
我就会藏着新芽

总有雨知道我的想法
我空心的竹管
如果不用你的吹奏唤醒
我就会速朽如冰

总有雨知道我的想法
总有你融化我的雪花

宰割

他们摇摆着、跳跃着像弹簧
他们撕咬着、爬行着像蟑螂
他们把我孤立起来
让我放一场电影，发莹白的光
他们把我洗刷干净
作一碗皇帝的鲜汤
他们揪着我的辫子
他们拍着我的胸膛
他们出言不逊
满嘴猖狂
他们为所欲为
信马由缰
他们让我做一棵树站着
遮掉人民的太阳
他们让我做一条板凳平躺
扛着别人的屁股和干娘
他们让我做一床被子折叠
装着满满一口袋梦遗和尿黄
他们让我做一只电灯发光

照亮桌子和床上的勾当
最后，他们把我扔掉
像矿渣一样荒凉
像废铁一样苍茫

散 步

让我去吧，让我一个人痛痛快快的
让我去山冈把自己开成野花
让我去河边把自己流放
让我去傍晚，去夕阳的后面
去走完这一条小路
去播撒人民的种子
去哺育祖国的大地
去天边，去世界的眼前
去保卫泪水中的淡蓝
去开拓生命中的荒原
去烈士陵园，去历史的中间
去那貌似永恒的瞬间
去那醉生梦死的春天

我想他们这样叫我

我想他们这样叫我
叫我越冬的天鹅
我会像雪一样守候在偏北的山坡
等候你开一束鲜花
结一树硕果

我想他们这样叫我
叫我返青的石佛
我会像月一样横亘在漫漫的沙漠
承受你一阵急促的马铃
一阵缓慢的骆驼

我想他们这样叫我
把我叫成一只漏风的鸟窝
挂在守望月亮的树上
接纳你远处的飞翔
近处的停泊

我想他们这样叫我

把我叫成一个满怀心事的水果
装在长途列车里颠簸
安慰你累时的睡眠
醒时的口渴

背　驰

我把原来的墙拆了
涂过的名字
跌成呛人的灰烬

我把新长的枝条伐了
几片落下的叶子
重回空中

我把两个拉长的影子撕了
清晨的敲门声
把它让进屋里来

我把一瓶烧过的水倒了
沸腾的气氛
缓缓地淌回水源

我把路口的暗号改了
错误的背影
相遇在远方

意　外

我的影子被他们的收买
抵押给触目可及的现实
它长久地做梦、呐喊、挣扎
整日阴沉像一块雨天的抹布
擦不净世界也洗不净自己
它整日圆滑像一只断丝的灯泡
包围着巨大的黑暗和脆弱的外壳
我给它们麻木的感觉
让它们知道所有的感觉是一种感觉
给它们漫长的时间
让它们感到所有的时间就是一个时间
让它们明白
世界于我是一个巨大的意外

故　意

我打碎玻璃的尖利声
我甩砸瓷碗的清澈声
我撕开衣服的疲沓声
我踢翻椅子的挣扎声

我砍倒良木的拔节声
我放掉水潭的崩塌声
我猎取皮毛的划拨声
我点燃山坡的凛冽声

我搬动石头的坑洼声
我劈开木头的绵远声
我拆除凌冰的脆生声
我关上门窗的暗涌声

你该回头看看
我故意弄出的声音

我阴暗的一面朝着大地

这些被秋天爱上的灌木
这些茂盛又惨淡的野菊
以一千零一种方式张扬涌现
在我眼前或者身边
我忍不住第二次靠近它们
把我的来生许配给它们
在阴暗的午后我们私定终身
我们管黄雀为娘子
把石头叫官人
我们是自己的皇帝
我们是自己的大臣
试着在散步时躺下
在躺下时沉浸
在沉浸时挥发
在挥发时弥漫
我要让世界充满我
就像我们被世界充满
我从六个孩子那儿借来童年
借来泉水的笑声和麻雀的快乐

把它们像羽毛一样
插在自己的手臂上试着飞翔
试着做一回蝙蝠，做一回乌鸦
我忏悔曾给世界带来深重的阴暗
我请求上帝原谅我的罪愆
把我重新放回真实的人间
哪怕是一棵守望月亮的老树
哪怕是一座胸怀寂寞的空山
可是为什么另一棵树长在遥远的山尖
为什么另一座山矗在对面
可以残忍地相见
却不能拥抱那触目可及的蔚蓝
就这样站着，这样老去
在漫长的日子里
学会许愿，学会坐禅
做一天和尚撞一天钟
苦海无边，回头是岸
那么就做一只破败的渔船
撒下网捕捉生活
拉起来安度晚年
那么就做一只爬行的火车
在每个落日里
挥动着它的蒸汽手绢
或者，做一小片秋天
有落叶，有金黄的稻田
也有自己的忧郁和鲜艳

但无论如何，我也不能驱除体内
墨一样的阴暗，我阴暗的一面
朝着大地，并且在很深的秋天

一个人的暴风雪

一个人，坐下来就是一片森林。
营造了忽然的王国，原野敞开胸膛，
洞开的门前，杉尖指向更高的天空，
仰望处一片风景。

山坡自由流动，大片芦苇
在夕阳里浩荡铺开，
安宁的石坎有了呐喊的欲望，
田野保持阶梯的沉默，
目光结出时间的浆果。

蹲下的灌木丛把浆果举过头顶，
胸中落下网状的阴影。
刺从内部生长，又扎进更深的内部，
它的尖利更像自身的呐喊，
在园林里刺痛黎明。

暗处的水流牵动神明，
焦灼的森林覆盖茂盛的表面，

潮湿的叶下藏有真理，
穿越的根系紧抱一起，
抵触漫长的冬天。

当一个人时，
取出心中的水源，
让它自由流淌，
赶出广阔的幅员，
目的从不同方向走远。

我能触到五月的菖蒲，
碧绿的两岸；
我能触到七月的块茎，
丰富的藤蔓；
我能触到十月的孩子，
菌形的胎盘。

却不能遇见你，
无人的渡口，孤舟自横；
却不能遇见你，
天涯的断桥，随风而西；
却不能遇见你，
深秋的猿鸣，朝发白帝，已过关山去。

闭上柴门，寒冷的木叶卷过砧声，
溅起的水花留有泪痕，

由此往后，时令入深，
冬眠的蝙蝠倒挂如铃，
生命的钟声在夜半，渐渐落下去。
更深的船头，驶进一片森林，
天空，晴转多云，越来越冷。

三十三次呼吸

1

我站在苍茫中
阳光就在山边
看着影子跌落

2

山坡的神祇
在于攀登
然后原路返回

3

燃烧的泥土
被一缕烟
肥沃到天空深处

4

两扇退场的磨子
停下了转动
白菜在他们中间

5

有人提及
蜡烛站在影子上
跳舞呼吸

6

我不会完全放下
这一片油绿
穿过天堂的声音

7

一堆柴码在坟旁
天堂暗淡的余烬
灵魂被照看在远方

8

大地变成了一座花园
我要把一根叫母亲的棍子
深深地插进地里

9

竹林里一阵风
吹动
飘起来的墙

10

我把童年像闹钟一样
拨到故事的尾部
只剩等待了

11

她的声音
刷白了我的内堂
我因此下霜

12

石头的窝
让我看到
自己诞生的方式

13

一粒停止在半坡的扁豆
开始感觉到
哑剧的疼痛

14

充满信仰的云
骑一匹白马
从我面前
走过一行向来孤独的脚印

15

分界的草地上
隐藏着根系
绵长的婚姻

16

宽阔的岩石
让我们如今看上去
都很年轻

17

泉水挤出岸边
梦境装饰了走动的年龄
依旧的冰雪
融化在三月的山间

18

一进树林
我们被雾藏起来
雾蒙蒙一片

19

我的心愿是一些
野荷花
站在石坎附近

20

我会想起亲人
在经常的傍晚
脚印盛满原谅

21

于是叶子也无非
叶子一片
大海停泊在上面

22

小鹿在雪地
也有消息
来联系茫茫的世界

23

但时光在流失
我无法满足二月的春荒
站在草地上像秋天一般

24

我听到过甲虫
爬过果园的声音
苹果树的香气
让下午泛着均匀的光芒

25

从你沉默的源头走来
站成一条开阔的水系
灯塔照亮了泅渡的夜晚
孤桨划动在痛苦和幸福之间

26

青苔滑落
世界上的大部分冰块
开始融化

27

夜晚藏起睡眠
火光在木屋里晃动
很多花朵有羽毛的感觉

路从门口通向开阔的田野

28

我们的雪
化了
但我们的影子
还没
恢复直觉

29

风吹过我的身体
这时我的心情睡着
狗在月光下
叫了一声又叫了一声

30

我也许会四点醒来
把自己扑在黑暗的上面
印一张泛白的照片
与理智无关

31

我的有朝一日
不像医生一样必要
一定要像病人一样虚弱

32

桃核发芽了
剩下来的三月
就要好好生长

33

一枚青涩的核桃
咬紧牙关
闭口不说后面的那些事情

在诗中藏起一捧雪

陈　亮

风花雪月，是诗表现的重要内容。这其中的一个原因，就是风花雪月代表了那种缺乏实用性却蕴含美感的事物。这恰恰符合了诗的主旨：美。诗，本来就是“无用”的，汲汲于事的人是难以有心情来欣赏风花雪月的。在某些语境中，风花雪月意味着虚饰、造作、不切实际。然而不能不说，风花雪月是诗永恒的主题，诗总是一再地说起风，说起花，说起雪，说起月。读小指的诗集《雪仍在山中》，也会一次次地与风花雪月相遇。不必引用具体诗句，看看标题就知道了：《风收回了那些轻》《与一本盛开的桃花相遇》《最后的雪》。诗集中就差一首标题中含“月”的诗，但不难发现诗集中有关“月”的诗，还是不少的。

在小指那里，风花雪月不仅是自然界的景物，也是心灵的投射、精神的象征。小指用一句关于雪的诗作为诗集的名字，这也体现出了诗集的整体精神向度：高洁，澄澈。这首诗是这样的：

雪仍在山中
举着洁白的法器
（《最后的雪》）

这首只有短短两行的诗，是诗集中的杰作。“雪仍在山中”，意味着山外的雪已经化了。山内山外气候迥异，山里的春天比山外来得晚，这固然是“雪仍在山中”的原因，就如“人间四月芳菲尽，山寺桃花始盛开”。更进一步的，在这首诗里，作者把大山深处作为了最后的圣洁之地。无论山下四季怎么变幻，世事怎么纷扰，山上永远有一抹安静的白。“举着洁白的法器”，这一句里有两个词值得注意。一个是动词“举着”，一个是名词“法器”。“举着”是一个向上的动作，是要努力离地面更远一些；“法器”这个有宗教意味的词，更凸显出雪的圣洁高贵。随着气温的升高，雪在世界上撤退。而唯有山中，仍有雪在坚守着冰冷，努力往上，超脱于地气温暖的侵袭。这样的山，是峭拔于人世的精神高地。这样的雪，凛冽、肃穆，没有一丝烟火气。读完整部诗集，可以看出，正如“雪仍在山中”，作者希望“雪仍在诗中”，疏瀹五藏，澡雪精神，在自己的诗集中留存一捧精神的雪。

诗集分为三个部分，分别为《秘境》《去蔽》《言说》。作者有意以这三个部分，把不同风格的诗分类。《秘境》一辑，大多是情诗，描写了爱的秘境，这种爱是甜蜜而又隐秘的。《去蔽》一辑，主要是意象和词语的解读，诗法以营造意象为主，也有一种“返景入深林，复照青苔上”的以我观物之感。《言说》一辑，主要是叙事和口语诗，还有一些结构上复沓的诗，呈现出一种往还呼应的节奏感。三个部分，三种既统一又有差异的风格，显示出作者在诗艺上多向度的探索。

《坚果》是一首饶有兴味的情诗。诗中把“我”比成一枚坚果，把爱人比成一只松鼠：

我的爱人是一只用尾巴行走的松鼠
他把我抱进洞房，让我安睡
直到一个有雪的傍晚
世界燃起灯火
他用牙齿叫醒我
脱去我的最后一丝羞涩
那时我缓缓张眼
仿佛看到了宿命的蔚蓝

“他用牙齿叫醒我/脱去我最后一丝羞涩”，把松鼠啮咬坚果比作爱人间的亲昵，有趣而深情。“那时我缓缓张眼/仿佛看到了宿命的蔚蓝”，坚果被松鼠咬开，就仿佛“我”被爱人的爱唤醒，打开自身的封闭，看到新的世界。

这首诗中出现的“洞房”，在另一首诗中被续写：

我们在洞中灭了烛火
安详如麋鹿
你微闭着双眼
我放慢呼吸
冰雪般纯洁的夏夜
夜莺从下午走来
黎明前离去
（《洞房》）

“夜莺从下午走来/黎明前离去”，是一句奇妙的句子。爱人在洞中如一对麋鹿，夜莺为他们歌唱了一晚上。联想到这是

“洞房”，夜莺的歌唱也可能是一个暧昧的隐喻。

作者幻想一种宁静、和谐、心心相印的情感关系。爱是一片“宿命的蔚蓝”，是“冰雪般纯洁的夏夜”，也像是“沉睡在山间的银河”：

结庐过往
安静成一处清潭
扔掉多年的阴翳和漂泊
与两岸保持和平
涛声爬上松枝
那一刻，我们像沉睡在山间的银河
有着皎洁和安宁的呼吸
（《结庐过往》）

陶渊明有“结庐在人境”的诗句，清末诗人黄遵宪把自己的居所命名为“人境庐”，把自己的诗稿命名为《人境庐诗草》。这首《结庐过往》中的“结庐”，显然出自陶渊明的诗。不过，作者把结庐的地点选在了“过往”。结庐过往，也就是把回忆作为家园。

作者钟情于春天，诗集中有好几首关于春天的诗，其中最动人的是这首《让我们在深入的春天里相遇吧》：

一月你身穿冰雪
沉睡在水晶的王国
二月，春雷手握节令的鼓槌
叫醒你消融的睡梦

三月，油菜花开，我想把这条
黄色的披肩，轻轻地为你披上
你轻摇着嫩绿的头发
为什么不说话
四月，春天已经很深了
让蜜蜂和花朵相遇吧
让种子和大地相遇吧
让嫩绿和粉红相遇吧
让我们相遇吧
让河流去远方吧
让列车开动吧

这首诗从一月春天未至开始写，一直写到四月春天“很深了”。爱人在一起的第一个月被称为“蜜月”，由这首诗可以想到，春天可被称为“蜜季”——甜蜜的季节。这一首诗的确够甜蜜的，结尾连用6个“让”字开头的祈使句，仿佛是爱的祈祷，也仿佛是爱的呼告，还像是以爱为名的温柔的命令。爱让“我们”相遇，爱让“我们”随着河流和列车去远方，一起看看世界。其实，在这部诗集中，除了关于春天的诗有很多，写火车的诗也有很多。诗集中既有风花雪月的春天，也有开过春天的火车。

当然，诗集中也写到了秋天：

你在云的南面
影子已经落下
撩拨了刚睡的孩童

我在梦里向外跳跃
（《秋天》）

“我在梦里向外跳跃”，让人想到特朗斯特罗姆的诗句：“醒来就是从梦中往外跳伞。”从梦里向外跳跃，再把目光投向梦里，看看梦里的事情，这或许就是一种诗的眼光，就如精神分析学家荣格所说的：向外看的人在做梦，向内看的人将觉醒。

诗集中写到死亡：

神晚上见到的人
下午还在地里劳作
（《时日》）

这句诗写出了人生的无常，也写出了人面对无常时的从容、淡然。死亡，就像是结束了一天的劳作，收拾干净，晚上到神的家里赴宴。

诗集中写到黄昏：

群鸟抖翅
黄昏四下涌来
（《早年》）

这句诗容易让人想到闻一多《口供》中的“鸦背驮着夕阳，/黄昏里织满了蝙蝠的翅膀”，但对闻一多的诗意又有所更新：黄昏仿佛是群鸟抖翅抖落的。这样的群鸟，这样的黄昏，也是足够壮观的。

由这些诗句可以看出，小指对炼字造句是十分重视的。他力图从古诗、现代汉语中融合生发，提炼出优美的句子，提炼出警人的意象。而在他暂时放弃了意象的营造，用叙事的手段来完成一首诗的时候，诗中会显示出别样的趣味和幽默感：

紫色的下午
我和三个女生以花坛为背景
合了一张影
照片出来后
她们送我一张
才发现自己老了
迅速装进口袋
洗衣服的时候
忘记取了出来
少女绿色的裙子
印在我雪白的衬衣上
怎么也洗不干净
（《一张空白照片》）

这只是生活中的一件小事，却在作者心里留下了微妙的印记。照片被洗之后，印在白衣服上的绿色痕迹，在诗中被巧妙转化成了“绿色的裙子”，怎么也洗不干净。这也是一件洗不掉的心事，有对自己渐渐老去的惆怅，有对少女的青春的羡慕、向往。

《植树节》这首诗也很有趣：

种一棵李树吧
种完后若有人走过
让他快点
再告诉他一个成语
叫瓜田李下
种一棵芭蕉吧
种完后让它的手掌
在暗地里长大
让它静静地在夜里
雨落嘀嗒
再种一棵葡萄吧
如果有一只狐狸
一定告诉它吃不到的葡萄是酸的
圣经说偷食的饼才甜呀
植树节到了
我们去种树吧

在这里，树不再是单纯的自然界的树，不再只是植物，而是承载着许多典故、故事的象征的树、文化的树。种树，也是在种一个个故事。种了李，就有了瓜田李下；种了芭蕉，就有了雨打芭蕉；种了葡萄，就有了吃不着葡萄说葡萄酸的狐狸。人们在种树的时候，也是在召唤和“命令”这些故事来到，仿佛种了树，就可以等着收获一个个趣味盎然的故事。

《让河》这首诗也有着巧妙的诗意转化：

这条河的名字让人亲切
她从雪山走来
带来春天需要的绿，爱情需要的红
愉快的木头顺流而下
和石头撞击出一片雪白的笑声
被让河女提回家中
沸腾之后，她们裹着两片跳跃的茶叶
在我身体里继续流淌

对多数人来说，饮茶就是饮茶，作者却联想到所饮的水是从雪山而来，一路路过春天，路过爱情，煮沸后裹着茶叶，流进了饮者的身体。于是，人和河水融合在一起，有了亲密的关系，人和远处的雪山、石头也有了联系。自然万物，本就是和谐共生的。

诗集临近结尾，又有了一首关于雨、关于雪的诗：

总有雨知道我的想法
我沸腾的水分
如果不用你的冰凉穿过
我就会慢慢蒸发

总有雨知道我的想法
我干渴的种子
如果不饮你的井水
我就会藏着新芽

总有雨知道我的想法
我空心的竹管
如果不是你的吹奏唤醒
我就会速朽如柴

总有雨知道我的想法
总有你融化我的雪花
（《总有雨知道我的想法》）

这又是一首深情的诗。在《坚果》中，坚果被松鼠啄食，就像是被爱唤醒。在这首诗里，“我”在等待着“你”，等待着爱给“我”新生，否则，“我就会慢慢蒸发”，“我就会速朽如柴”。作者还等着，“总有你融化我的雪花”。“雪仍在山中”代表了一种高蹈和卓尔不群的气质，然而，在爱情面前，“我”却期待爱人来融化心底的雪花。两相对照，也是挺有意思的。

这，是这部以雪为名的诗集之中，雪的两种形态。

（作者系文学博士，青年评论家）

跋：轻轻地走在这个世界

这本集子收录了我从 2005 年至今十二年的诗歌，这十二年是我人生成长的十二年，也是诗歌不断成长的十二年。

名字叫《雪仍在山中》，主要有三个方面的考量，一是我诗歌的意象多以山间风物为主，山崖、流泉、丛林、野径、青苔、浆果、鸣禽、雪，这些来自山中的意象，常常让我沉浸和感动，雪仍在山中符合我诗歌的整体气质；二是波兰著名诗人米沃什《季节》一诗中有“明晰的树，蓝色的早晨满是迁徙的鸟儿/寒冷，因为雪仍在山中”的句子，喜欢诗人营造的“雪仍在山中”的静谧澄澈的空间，算是为书名找到了出处；三是某年我和袁凌兄在山间的阴坡，看到了一块坚持不化的雪，像极了一把小提琴，似乎在弹奏一曲洁白的绝响，她就在山间，等着我们，似乎有抵抗，也似乎有守望，我们当时都被这个场景深深感动，成为难以挥去的美好记忆。

这本集子分了三辑，从前至后倒叙了我十二年来的诗歌创作历程，《言说》一辑主要收录了 2005 年-2008 年的诗歌，这时候我深受兴起的网络诗、口水诗的影响，创作了一大批铺排的诗歌和实验性的口水诗，一度沉浸于语言纵欲的快感，但往往因非理性而流于直白。2008 年之后，教学之余，阅读了默温、策兰、特拉克尔、米沃什、奥克塔维奥·帕斯、圣-琼·

佩斯等大量外国诗人作品，从而让我的诗歌重点转向对苍茫意象和永恒主题的探索，对词语和意象尝试剖剥解读，在追求跳跃和哲思方面极尽尝试，努力去蔽但又一不小心成为新的遮蔽，这大概就是《去蔽》一辑的气质，这种风格一直持续了四五年，越写越觉得野心太大而能力不足。后来我兼融二者，力求写别人能读懂、自己可表达的东西，似乎呈现出来的是情诗，实际上这种既不太热也不太冷的最好状态就是含情脉脉吧，这便是《秘境》的风格。三个不同时期在诗歌中的探索，像极了雪的三种存在情状，海拔太低、天气太热则存不住雪，看到的是融化的雪水，没有雪的风致和回舞；海拔太高太冷，冰雪常年覆盖，冰冷而坚硬，看到的是冷寂的雪原，也未见雪的本质之美；只有雪仍在山中，该融化的融化，该守候的守候，澄明而又安静，才是雪的正确姿态，也是我追求的诗歌内在气质和文本表达。

诗人的存在何尝不是和山间的雪一样，碌碌之余坚守着一块自己的园地。每个诗人大约都有一个独立的芳菲世界，我常常只在深夜和清晨两块时间写诗，那些时间不是留给喧嚣的人类的，在深夜才会疼痛，在清晨才会平静得如一缕风烟。

慕白有一句诗，“我觉得，有一座房子是我的/我将在它门口坐得很晚”。小时候，在老家地头曾有一间低矮的茅屋，我常常一个人呆在那里，我的悲伤和欢喜都在茅屋中得以安静，长大后，那间茅屋被我弄丢了，我一直在寻找，而我知道它一定在某个地方等我，等我的澄明和阴翳。我以为，诗歌就是我寻找的那座房子，我愿意与他长久偎依。在那里，我找到了故乡的亲切和童年的温暖。

一开始，我在诗歌的谷仓里，像一只饥饿的候鸟，无限贪婪地深陷语言的胜境，我以为语言是最重要的，曾相当一段时间把好的语言当作诗歌，在阅读中深切和低迷地沉醉。那时，我更像山林间的小植物过于自卑，而把成长当成了一件匆忙的事。因此，我的诗歌也随季节患上枯黄之病。

后来，我意识到，语言的技巧和刻意解救不了诗歌，激情和吟啸只是一种状态，安顿不了灵魂。当我尝试着对一面山坡抱有幻想，对一只甲虫充满期待，尝试着在山路中行走，在丛林里安放，我逐渐感到山里的事物充盈我，砥砺我，让我的心事像少女的枣核，在时间的潮湿中饱满、放大。我在与自然对话时才能获得共鸣和神助，在自然的体验中才能获得普世和升华。我知道，我终究是一座湖泊，只有在山间敞开自己，才是优雅和从容的，只有接纳河流和涛声，才是博大和寥廓的，那时，我的表面是湛蓝的，内心是纯洁的，而世界是平静的。而词语本身，更应该像微风一样，仅仅是吹拂，而不是惊扰。

集子的出版，感谢著名调查记者、非虚构作家袁凌兄多年前就为我的集子写了序，感谢文学博士陈亮老师对我诗歌的谬赞和评论，感谢书法家、陕西省作协副主席方英文老师为我诗集题写了书名，同时还要感谢著名诗人李亚伟、李小洛老师的鼎力推荐，最后要感谢我的历任领导和同事一直能够容忍我的不羁和爱好，并在精神和物质上给予我极大的帮助和关怀，在此一并致谢！

图书在版编目（C I P）数据

雪仍在山中 / 小指著. -- 武汉 ：长江文艺出版社，2018.3

ISBN 978-7-5702-0096-2

Ⅰ. ①雪… Ⅱ. ①小… Ⅲ. ①诗集－中国—当代 Ⅳ. ①I227

中国版本图书馆 CIP 数据核字(2017)第 300092 号

责任编辑：沉　河　　胡　璇　　　　责任校对：陈　琪

封面设计：江逸思　　　　　　　　责任印制：邱　莉　　王光兴

出版：长江出版传媒　长江文艺出版社

地址：武汉市雄楚大街 268 号　　　邮编：430070

发行：长江文艺出版社

电话：027—87679360

http://www.cjlap.com

印刷：武汉市首壹印务有限公司

开本：880 毫米×1230 毫米　　1/32　　印张：6.375　　插页：6 页

版次：2018 年 3 月第 1 版　　　2018 年 3 月第 1 次印刷

行数：3208 行

定价：42.00 元